VENTE AU PROFIT DES PAUVRES

de la Ville de Toulouse

LE CAS

DE

M. MONTCAVREL

PAR

François Mons

PRIX : 25 CENT.

TOULOUSE

IMPRIMERIE DE CAILLOL ET BAYLAC

Rue de la Pomme, 34

1866

VENTE AU PROFIT DES PAUVRES

de la Ville de Toulouse

LE CAS

DE

M. MONTCAVREL

PAR

François Mons

PRIX : 25 CENT.

TOULOUSE

IMPRIMERIE DE CAILLOL ET BAYLAC

Rue de la Pomme, 34

1866

LE CAS

DE

M. MONTCAVREL

DISCOURS

Prononcé au Corps législatif des Directeurs de théâtres,
le 20ᵉ jour du mois de l'Illusion,
dans la première année de l'Utopie.

PRÉFACE

On lit dans l'*Entr'acte* du 15 octobre 1865 :

» Malgré la réserve et les formes courtoises dont nous avions
usé dans le numéro du 24 septembre dernier, notre article, à
propos de la troupe de M. Montcavrel, n'a pas trouvé grâce
devant ce dernier ; et, malgré la juste impartialité que tout
le public s'est plu à y reconnaître, peut-être même à cause
de cela, notre critique a été frappée d'anathème par ceux-là
même qui auraient dû nous remercier de notre galante politesse.

» M. Bruno, à qui nous avions fait les honneurs de la critique, est venu dès le lendemain nous trouver dans la rue et
nous a prié de ne plus parler de lui, *ni en bien, ni en mal;* vous
m'avouerez que le *en bien* est un peu présompteux. M. Bruno
s'est ensuite vanté, dans le foyer des répétitions, d'avoir été
injurieux et insolent à notre égard ; c'est faux, il n'a été que
platement grossier. Nous ne parlerons plus de lui, puisqu'il
le désire, mais nous dirons néanmoins en passant que nous
trouvons sa gaîté et son comique, un comique et une gaîté
de pompes funèbres. C'est notre opinion intime et nous ne
forçons personne de la partager. — Cela dit, nous ne parlerons plus de M. Bruno.

» M. Moncell, *troisième rôle,* présentement *comique grime,
financier,* nous a adressé une épître curieuse où il nous prie
(je dirai même *ordonne*) de rétracter la phrase qui le concerne.

« *M. Moncell,* » disais-je, « *naguère sifflé partout comme troisième rôle, s'est tout d'un coup réveillé* 1er *comique.* » — Je reconnais que le mot *partout* est de trop, et ce mot-là je le rétracte. J'ai eu tort de généraliser, car il n'y a pas de règle sans exception ; mais que M. Moncell ait été *sifflé* comme *troisième rôle,* je le maintiens. J'ai toujours eu le courage de mes actions et même de mes paroles.

» M. Moncell ajoute que, si je ne me rétracte pas, j'aurai de ses nouvelles, et que je suis fort heureux qu'il n'ait lu mon article que huit jours après son apparition.

» A cela deux réponses :

» M. Moncell avait lu l'article le lendemain même de sa publication, puisqu'il voulait, disait-il en plein foyer de la salle Montlezun, me faire un procès en diffamation. Ce n'est pas bien de trépigner ainsi sur la conscience de dame Vérité. — A sa menace, je répondrai que, cartel ou procès, j'accepte tout.

» Et, du reste, M. Moncell a-t-il à se plaindre ? Le public toulousain ne lui est pas défavorable, loin de là ; dans un *Bal du Grand Monde*, on lui fait bisser sa danse ridicule, quand on ne le fait pas pour M. Duplan, qui est à coup sûr le héros de la pièce et qui y est d'un comique achevé.

» Quant à M. Montcavrel, lui, il m'aurait bien pardonné mon impartialité à l'endroit de ses sujets, si je n'avais pas touché douloureusement sa corde sensible.

» J'ai commis le sacrilège de dire qu'il n'était pas assez jeune pour jouer le rôle de *Baudrillard* du *Supplice d'un Homme*. J'avais eu beau ajouter qu'il l'avait compris et composé supérieurement, le mal était fait; j'avais blessé M. Montcavrel dans son amour-propre !

» Alors, que n'a pas fait le directeur de la salle Montlezun ?.. Il est allé chez Dupin, et lui a remis une lettre par lequel je demandais les entrées à son théâtre, en ma qualité de correspondant de plusieurs journaux de Paris et de rédacteur en chef de l'*Entr'acte*. Il est bon de faire remarquer que ma lettre

n'est autre chose que la copie exacte de celles que lui ont adressées plusieurs de mes confrères de la petite presse. — Mais
M. Montcavrel a oublié (lisez : s'est bien gardé) de dire que
je n'avais voulu user des entrées, qu'il m'avait d'ailleurs fort
poliment envoyées, que le soir de l'ouverture, et que je ne
suis plus, dès lors, entré dans son théâtre qu'en payant, pour
avoir mon franc-parler. Mon article n'ayant pas paru, j'eusse
certainement pu user quelques jours encore de la politesse
du directeur. — M. Dupin n'eût pas manqué de le faire.

» Tous ces détails peuvent paraître puérils, et je n'en aurais
certes pas ennuyé les lecteurs de l'*Entr'acte*, si M. Dupin
avait voulu m'insérer dans sa feuille non périodique une réponse à sa dernière attaque. Je n'ai pas voulu user du droit
que la loi me donne, et, ayant un organe, j'ai laissé le *Midi
Artiste* en repos. Je lui sais, d'ailleurs, trop de gré d'avoir
inséré en entier mon article, que toute personne qui a vu la
troupe en question n'a pu manquer de trouver juste et
vrai.

» Je n'aurais plus parlé du théâtre Montcavrel, si toutes
ces colères amoncelées contre moi ne m'avaient donné l'envie
d'en faire rire le public.

» Infortunés chroniqueurs ! ne dites jamais la vérité , car
elle est toujours mal reçue ; ou, si vous la dites, ne le faites
que pour les vrais artistes qui, mettant toute mesquine susceptibilité de côté, vous en savent gré et cherchent à se corriger ; sinon, ayez toujours un avocat prêt à vous défendre ou
une bonne lame de Tolède à la main pour vous protéger ;
car vous êtes entourés de périls et vous avez toujours suspendu sur vos têtes et attaché par le fragile cheveu de
l'amour-propre, le classique coupe-chou de Damoclès !

» Et à propos de *Damoclès*, avez-vous vu son *parapluie* ?
— Ce charmant vaudeville en deux actes a été un vrai succès
pour M. Lovendal, dont la nature franche et comique a
excité de justes applaudissements. M. Duplan s'y est montré
comédien distingué, plein de verve et de naturel, et Mlle Ca-

mille n'y a pas démenti les bonnes promesses que son zèle
nous faisait, l'hiver dernier, au Théâtre-Populaire. — Il n'y
a donc pas à se plaindre, quand dans une pièce on peut cons-
tater trois bons interprètes.

» Quant au *Supplice d'un homme*, je dois relever une phrase
du *Midi Artiste* qui semble vouloir critiquer à faux l'inter-
prète de *Baudrillard* du théâtre des Variétés. « M. Montcavrel, dit-il, n'a eu besoin, pour se faire applaudir, ni de
briser des meubles, ni de renverser des guéridons. » M. Dupin cite justement un des graves défauts de l'interprétation
de M. Montcavrel ; la brochure porte littéralement qu'il faut,
à la sortie de la fin du deuxième acte, *renverser tout ce qui
se trouve sous la main, arracher le cordon de sonnette et faire
rouler la table avec tout ce qui se trouve dessus*. MM. E. Grangé
et L. Thiboust l'ont voulu ainsi et je ne reconnais pas plus à
M. Montcavrel qu'à M. Gil-Pérès et même qu'à M. Boni-Fuméry le droit de dénaturer l'intention des auteurs.

» Je suis, du reste, loin de blâmer M. Montcavrel : il a joué
cette scène en directeur prudent et conservateur.

» Cela dit, pénétrons un instant dans le foyer du théâtre
de la rue Lapeyrouse, et, à l'aide de lunettes grossissantes,
nous pourrons remarquer quelques petitesses qui peuvent
passer inaperçues à l'œil nu.

» Chacun tremble devant l'autocrate qui sème la terreur
dans les rangs des artistes ; ceux-ci (plusieurs du moins)
s'épient constamment, cherchent à se faire du tort mutuelle-
ment et s'empressent d'aller informer le monarque ; jamais gou-
vernement absolu n'eût une police secrète aussi zélée et aussi
bien organisée. Ceux qui s'abstiennent (et nous sommes heureux d'en connaître plusieurs) sont mis au ban et excommu-
niés. Il est défendu aux autres de leur parler : on leur ordonne de leur refuser l'eau et le feu, et ils ne sont plus initiés
aux secrets d'Etat. Les plus ardents à détrousser leurs cama-
rades sont nommés généraux, et on en compte même quel-
ques-uns qui ont les honneurs du ministère. — Il va

sans dire que le examen leur confie pas de portefeuilles.

» Ce léger aperçu est utile pour raconter l'histoire du *Meurtrier de Théodore*, un des plus nouveaux succès de Paris.

» L'engagement de chaque artiste du théâtre Montcavrel, porte sur la dernière page une clause complètement inédite dans les fastes des excentricités directoriales. « Il est défendu » à tout artiste de dévoiler les faits et gestes de l'administra- » tion. — Il est, de plus, interdit, sous peine de mort... » non, je me trompe, sous peine de résiliation immédiate, » de dire à quiqque ce soit les pièces à l'étude, et en répéti- » tion.

» Mais, pour le *Meurtrier de Théodore*, il y a eu une com- plication extraordinaire et des détails vraiment curieux.

» La pièce a quatre personnages : elle était en répétition, aux Variétés, pour le bénéfice de M. Henri ; depuis longtemps, on l'annonçait chaque jour sur l'affiche de ce théâtre — M. Montcavrel en veut sans doute à M. Henri, puisque, l'an- née dernière, il monta clandestinement les *Pommes du Voi- sin*, réservées aussi au bénéfice de ce dernier.

» Mais passons sur ce léger détail.

» La pièce n'ayant que quatre personnages, le secret était plus facile : on soupçonnait quelques artistes de haute trahi- son ; on tint l'étude de cette pièce cachée à tous ceux qui n'y jouaient pas ; le travail de ces derniers fini, on les renvoyait, et, en trois jours, on l'appétit, on mit en scène et on répéta la pièce. Mais, je ne sais comment, la langue indiscrète d'un des affidés éventa la mèche, et M. Montcavrel, se fâchant tout rouge, fit à la troupe réunie et tremblante un très beau discours dont nous pourrons un jour publier des fragments. Il fallut alors avoir l'air d'être prêt, et aussitôt, au milieu de la nuit, M. Dupin composait cette affiche qui, le lendemain, devait *épâter* la cité d'Isaure.

» La veille encore, pour dérouter tout soupçon, une petite affiche annonçait les répétitions générales des *Contributions*

Indirectes ; mais, dès que l'aurore aux doigts de roses eût ouvert les portes de... l'imprimerie Dupin, on vit à plusieurs coins de la ville, apparaître terrible et menaçant, le *Meurtrier de Théodore*. Grand émoi : chacun parlait du zèle de M. Montcavrel : les uns l'applaudissaient, d'autres s'étonnaient, d'autres enfin trouvaient cette lutte par derrière un peu trop voisine des guerres de guérillas ; mais tous s'accordaient à croire que cette pièce était un grand mélodrame. Le titre, et, en tête de l'affiche, le nom de M. Moncell, *grand troisième rôle*, justifiaient pleinement cette vraisemblable erreur.

» M. Montcavrel trouve que c'est de bonne guerre.

» Enfin, n'importe, le grand point y était ; l'affiche existait.

» Elle exista jusqu'à... six heures du soir !!!

» Une bande jaune annonça tout d'un coup que l'on jouait RELACHE, vaudeville soporifique en beaucoup d'actes et non moins de tableaux.

» Une indisposition non constatée (indisposition de mémoire sans doute) mettait un obstacle dérisoire à la représentation.

» On étudia toute la nuit, on ne dormit pas, et, le lendemain, on vit reparaître plus flamboyant que la veille le *Meurtrier de Théodore*.

» Cette fois, ce n'était pas *pour de rire*. »

FRANÇOIS MONS.

LE CAS

DE

M. MONTCAVREL

DISCOURS

Prononcé au Corps législatif des Directeurs de théâtres,

le 20ᵉ jour du mois de l'Illusion,

dans la première année de l'Utopie.

I

C'était en l'an 1865 de l'ère réaliste : M. Hilaire Besonquet, directeur des théâtres subventionnés de Toulouse, fuyait sottement devant un passif minime, laissant un actif à peu près équivalent. — Quatre hommes se présentèrent pour le remplacer et ils furent élus, à l'unanimité de la voix de M. le Maire.

Ces hommes rencontrèrent, à leurs premiers pas, une hostilité nombreuse. Je les soutins avec zèle et persévérance ; ils m'ont payé d'une mauvaise monnaie, — qui heureusement a cours —

celle de l'ingratitude. Mais, comme je n'attendais
rien d'eux, je ne me suis jamais repenti de mes
plaidoyers en leur faveur, et j'accomplirai ma
tâche jusqu'au bout.

On a beaucoup médit de ces messieurs : on les
a même calomniés..... et on m'a ridiculement en-
globé dans les petites infamies qu'on a ourdies
contre eux.

La petite presse, — qui n'avait pas ses entrées
aux théâtres — les a invectivés avec plus ou moins
d'esprit. Aujourd'hui, elle regrette cette direction
solvable et consciencieuse, qui nous avait fourni des
troupes à peu près complètes et des nouveautés
parfaitement neuves.

Permettez-moi, Messieurs, de vous faire un por-
trait fidèle des quatre directeurs qui étaient prépo-
sés, — la saison dernière encore, — aux plaisirs
du peuple toulousain, — et qui ont su donner inté-
gralement le *panem* aux artistes et les *circenses* au
public.

M. Laget est un homme timide, presque nul,
qui de son nom seulement était quelque peu res-
ponsable. — Il gagnait de petits mais nombreux ca-
chets, et se faisait la raie de la tête avec une rare
précision.

M. Sigalloux est un homme, — si c'est un
homme — que je vous concède pieds et poings
liés! Traînez-le aux gémonies.

Mais MM. Bonnefoy et Dardignac, pourquoi les attaquez-vous?

M. Bonnefoy, bien nommé, quoi qu'on en ait dit, a su maintenir l'ancien répertoire à sa hauteur, et a donné au nouveau une extension des plus grandes. Sa loyauté — pour celui qui l'a fréquenté — est hors de doute, et son intelligence hors ligne. Que d'ovations il eût eues, s'il n'avait pas été directeur! Malgré sa mauvaise voix, que de succès et de lauriers eût moissonnés le chanteur, si des inimitiés de bas étage ne l'avaient niaisement poursuivi...

Et M. Dardignac, que l'on a cru ridiculiser en l'appelant *cuisinier*, que lui reprochez-vous? D'abord, il ne rougit pas de représenter dignement le plus grand art du monde, que Berchoux, Dumas Iᵉʳ, Monselet et tant d'autres ont chanté, que Vatel a illustré et que Tivollier honore! Cette prétendue injure n'atteint donc pas son but. — C'est à M. Dardignac que nous devons d'avoir applaudi le *Voyage en Chine*, la *Reine de Saba*, le *Templier*, — et, dans un ordre inférieur mais plus gai, le *Supplice d'un homme* et la *Belle Hélène*. Quel est celui qui ne reconnaîtra pas dans ces pièces, brillamment montées en province, un esprit sain et expérimenté et une main intelligente...?

Je sais que l'on a attaqué dernièrement la direction susdite sur un point: point très important à mon avis (chacun prêche pour sa paroisse) ; sur la décentralisation.

Un jeune étudiant avait offert un opéra en un acte à ces messieurs, — qui l'ont promené en cascade de promesses en espérances, d'espérances en illusions, et enfin d'illusions en déceptions. — Cette marche descendante est dans l'ordre.

Mon Dieu, messieurs ! je comprends, sans l'excuser, cette mesure extrême.

Le succès enthousiaste — que je ne commenterai pas — d'une *Mésalliance* et de *Marie-Madeleine* avait encouragé Laget à monter d'autres pièces du crû. L'*Armurier du Capitole* et *Raolo* vinrent lui dessiller les yeux et lui montrer les écueils nombreux de ces dangereux essais. Laget, loin de voir dans ces chutes méritées l'avertissement d'un prudent examen, prit l'absurde parti de refuser quand même toutes les œuvres *du crû*. Cette mesure radicalement absolue ne doit étonner personne : Laget, je le répète, n'est pas intelligent.

Un jour, je lui apportai une œuvre charmante : l'esprit français y régnait en maître, agréablement panaché d'une saveur athénienne. L'auteur, Monsieur Francis de Saint-Lary, un des derniers représentants de la malignité gauloise, avait dépensé dans ce bijou de carnaval toute la verve qu'il avait serrée dans sa valise littéraire en s'échappant de Paris. M. Laget refusa la pièce sans la lire. —

Nous ne lui en avons pas voulu ; car nous n'en voudrions pas à un goîtreux des Apennins de ne pas savoir faire un opérette-bouffe.

Si nous avions présenté cette pièce à Bonnefoy ou à Dardignac, elle eût été jouée — avec un grand succès.

Ce qu'on pourrait reprocher à ce quatuumvirat directorial, ce sont les affaires Dalloca, Meigneux, Martin et Millet.

Les trois premiers de ces artistes ont été victimes des trames honteuses d'une autorité déplorable, que le vent populaire a balayée victorieusement dans un jour de puissance électorale. — Quant à l'affaire Millet, tous les torts sont à M. Laget.

Je ne suis pas plus payé pour écrire ceci que je ne l'étais pour rédiger l'*Entr'acte*. Je crois même me rappeler que Bégué — le boule-dogue contrôleur — doit avoir les quittances de mes derniers mois de fauteuils-d'orchestre. Je lui conseille de les serrer soigneusement ou d'allumer sa pipe avec. — C'est la même chose.

Et maintenant, Messieurs, passons sans transition à M. Montcavrel.

Quand je dis *sans transition*, je suis trop modeste. Bégué nous en sert avantageusement.

M. Montcavrel naquit en..... — Mais, ne divul-
guons pas son âge : il tient à jouer des comiques
jeunes..... c'est une coquette.

Artiste souffert par complaisance à Toulouse, il
y a quelques années, il partit pour aller faire les
délices de villes de dixième ordre. On ne com-
prenait pas bien son genre, mais on le gardait, à
cause de son minime traitement. — A force de
faire *écoles sur écoles*, il espérait faire école. Cette
illusion le tua.

Ce qui est très curieux chez ce comédien ordinaire des Toulousains... (fort ordinaire même)
c'est qu'il n'a fait, en qualité de chef d'emploi,
qu'une seule grande ville : Toulouse. — Et encore
est-ce sur son petit théâtre de contrebande.

L'année dernière on l'aimait..... que dis-je ? on
l'admirait, parce que l'on admire tout ce qui est
nouveau et ridicule.

Aujourd'hui, on se mord les doigts, — on se mord
même les poings d'avoir professé un enthousiasme
aussi absurde. — On ne nous accusera pas de re-
virement et de caresser la chèvre du pouvoir, tout

en broutant le chou de l'opposition. Seul, nous avons dû, à une certaine époque, protester contre cette aberration de l'engouement public ; seul, au temps de la gloire Montcavrel, nous avons montré les taches qui la maculaient ; nous pouvons donc parfaitement continuer le développement de notre thèse, — nous réservant de le louer, ou, du moins, de nous taire, quand il sera tombé. (*Mouvements divers dans l'auditoire.*)

Notre préface, bien antérieure à cet écrit, prouve notre bonne foi ; et si nous avons à nous rétracter, ce n'est que pour M. Bruno, qui est, m'écrit-on, ce qu'il y a de mieux dans la troupe. — Nous confesserons aussi notre erreur sur M. Lovendal, que nous louions l'an dernier et qui est d'une nullité à celle de Mme Gonthier pareille.

Enfin, n'importe : M. Montcavrel arrive au pouvoir. Pourquoi ? Parce qu'il n'y avait pas d'autre compétiteur. Un de mes amis se présenta un jour trop tard ; le *comique* était nommé depuis la veille.

Comme dons de joyeux avénement, Montcavrel renvoie tous les artistes aimés ; mais il conserve Mme Gonthier et Rouveirolles. — Rouveirolles, grand coryphée de l'opéra, et Mme Gonthier, ancienne danseuse, aujourd'hui *jeune* première, malgré son âge. — Nous rappellerons aussi que, seul, nous avons protesté l'année dernière contre cette prétendue artiste..... dont nous avons renvoyé les perdreaux et les bécasses. — Valladier, le directeur déchu du journal l'*Aigle*, s'en engraissait.

Montcavrel la garde, parce qu'on la siffle, et il renvoie les Maxime, couple charmant, intéressant, chéri et applaudi pendant huit ans à Toulouse. C'était dans l'ordre.

Il renvoie aussi les hommes aimés du public depuis si longtemps : Henri, Breton et Carré. On lui impose heureusement les deux premiers, et Carré, seul, va porter son comique et son naturel de bon aloi dans une ville plus heureuse.

M. Boni-Fuméry avait trop bien joué le *Supplice d'un homme*; Gooshens avait été trop charmant dans l'*Homme qui manque le coche*; il faut qu'ils partent : Montcavrel n'aime pas ses supérieurs. (*Rires approbatifs*.)

Mlle Meyer avait fait oublier et siffler Mme Josse. Elle ne restera pas. — Trente-et-unième arrondissement, que tes conséquences sont funestes!...

Et, à la place de ces excellents artistes, Montcavrel sert sur un plat de bronze d'aluminium une troupe hideuse, des noms complétement inconnus dans le monde théâtral, à un public d'élite et connaisseur... qui enfin le siffle énergiquement et renvoie ses pensionnaires! (*Chauds applaudissements*.)

Avec un cynisme des plus révoltants, Montcavrel

lance aux toulousains, cette phrase insensée et jusqu'à ce jour inédite : « Encouragez leurs débuts ! »
Mais c'est montrer à la fois et un grand mépris
pour les spectateurs et une grande frayeur pour les
succès incertains d'une troupe ridicule et payée à
vil prix.

Pourquoi renvoyer aussi Mlle Dupuy, A. Guillot
et Marthieu ? — Pourquoi remplacer Bovier-La-
pierre et Juillia par un fort ténor de Boulogne, à
huit cent francs ? dont je raconterai un jour l'engagement. (*Bruits divers.*)

III

Evidemment, Messieurs, je suis bien aise de ne pas être à Toulouse en ce moment, car ces débuts-là me rendraient malade. Les amis des arts ont les nerfs sensibles et frisent souvent la police correctionnelle. (*Rires prolongés.*)

Maintenant que je vous ai dépeint M. Montcavrel comme directeur et comme artiste, je vais vous le montrer comme homme. C'est délicat : la police correctionnelle — deux fois nommée ! — me force de vous raconter l'anecdote la plus inoffensive que j'en connaisse.

Dans un moment d'irréflexion que j'ai, du reste, bien expié, — je rencontrai Montcavrel et lui offris une pièce de théâtre que je venais sottement de retirer des Variétés. — Ce qui me sert de *préface* aujourd'hui avait paru depuis longtemps. — Il accepta avec enthousiasme et me *coula* ma comédie. Il la monta très mal, recommanda aux artistes de ne pas l'apprendre. Ce fut un four..... un vrai ! — Jusque là, c'est très bien. Montcavrel avait raison.

Mais à quelques jours de là, l'amour du clocher

me décida à faire venir Montcavrel et sa troupe
dans ma ville natale (*à tous les cœurs bien nés !!...*)
pour y jouer mes *Feuilles jaunes,* tombées avant
l'automne ! — L'avant-veille de la représentation,
au lieu de m'envoyer par la poste les affiches du
spectacle, Montcavrel tombe chez moi comme un
événement, et s'assied à ma table hospitalière. (Je
ne suis pas un montagnard écossais, mais j'en ai
quelques qualités). — Nous nous regardions en
commensaux de faïence. Il tournait autour du pot...
au feu, — et il finit par me prier de dire un men-
songe pour sauver J. Dupin, imprimeur, de la
condamnation qui le menaçait dans le procès de la
direction Laget. Je lui dis que c'était métaphysi-
quement impossible et il repartit. — Mais je fis,
jusqu'au moment où il m'avoua son but, — je fis le
crétin et l'homme qui ne comprend pas, au point
que Baric, l'humouristique caricaturiste, aurait
payé pour me croquer, et que Dalis, lui-même, le
type achevé des paysans, était distancé. — En me
quittant à la gare : « Mon cher Monsieur, me dit Montcavrel, vous êtes un plus fort comédien que moi... je
vous le revaudrai. » — Et, quand il arriva le sur-
lendemain à Castelnaudary (Aude), il me joua le
tour le plus pendable que l'on puisse, — ou plutôt
que l'on ne peut pas s'imaginer. — Après avoir
interprété assez proprement un vaudeville quelcon-
que, il prétexta un manque de mémoire, et lut

le rôle de ma pièce d'un bout à l'autre. Il le lut même fort mal, en paletot de ville. (*Sourdes rumeurs.*)

Je sais bien, messieurs, qu'il a, lui aussi, quelques partisans. « Il n'est pas croyable, disent-ils, que Montcavrel ne mène pas ses théâtres en artiste. »

C'est possible, Messieurs, il y a tant de sortes d'artistes ! Breton, Henri et Carré sont des artistes dans leur genre ; Hippolyte Flandrin était un artiste ; M. Halanzier ne l'est pas moins..... Mais mon brosseur est aussi un artiste ! (*Bravos prolongés.*)

EPILOGUE.

Le présent discours terminé, le corps législatif des Directeurs de Théâtres a déclaré qu'il devait être imprimé. M. Boni-Fuméry, qui se trouvait là par hasard, a été chargé de le réécrire de mémoire. — Il y a dans cette copie du jeune comédien quelques fautes d'orthographe, mais le prote de l'imprimerie Caillol et Baylac est chargé de les corriger.

FIN.

Toulouse, imprimerie Caillol et Baylac, rue de la Pomme, 34.

DU MÊME :

Une Mésalliance, comédie.

Les Feuilles jaunes, comédie.

Les Jeunes Auteurs et la Décentralisation.
  (Arnauld de Vresse, éditeur, Paris.)

Diverses publications.

La collection de l'Entr'acte.

SOUS PRESSE :

Les Coulisses de Province (Nouvelles).

www.ingramcontent.com/pod-product-compliance
Lightning Source LLC
Chambersburg PA
CBHW061633180626
46818CB00005B/2356